# 愛の詩集

橘 進

# 愛の詩集　目次

## 少女唱 171



## 手帖から 179

「帽子」「嬉しい時」のオリジナルは昭和27年11月、巻頭・巻末の手稿は昭和43年筆

装丁　的井圭

# 愛の詩集

# 少年抄

昭和27.11.24（＊は昭和43年修正分）

# 帽子

ぼくは帽子をちゃんと冠っているのに
お母さんはどこに忘れてきたのって叱る
ぼくはどうしてもお母さんの言うことがわからない
紙芝居を見てからぼくはチンドン屋のあとをついていった
郊外の材木を積んだ広場まで一しょに来た
チンドン屋の人たちと材木に腰かけて休んだ
それからぼくは帰って来た
ぼくはちゃんと帽子を冠っているのにお母さんが叱る
一人でもう一度あの広場へ来たら
どうしたのだろう?
ぼくの夏の白帽子がその材木の上にあって光っているのだ

# 馬*

つないだ馬の横を
はじめて一人で通つた
馬はぼくを見ながら後脚を動かした
ぼくは泣きそうな顔で目をつぶつた
どんなに永い時間だつたろう
通つてしまつてから夢中で走つた
そして大きな声で歌をうたつた

# トラック*

ぼくはあのトラックに乗りたかつたんだ
大きな麦わら帽子をかぶつて
高くて堅い椅子に坐って
船長のように
走る道を見たかつたんだ
あんまり泣きわめいて
ぼくはいつ眠つてしまつたのだろう
あとでおお笑いしたお父さんが
赤い自動車を描いた
ぼくのごはん茶碗をつくつてくれた

# ブランコ

海岸の遊園池で
お母さんと一日遊んだ
ブランコにのせてもらつたら
いつの間にか眠つてゐた
それでも僕は海鳴りをとほくに聞いた
帰りの電車の中で
隣りに坐つた男の子と友だちになつた
窓硝子に白い息をフウフウ吹いて
お互ひにいろいろなことを書いた
それなのに
お母さんはうとうとと眠つてゐた

# 夜釣り＊

黒い海がふくれ上つて足もとにくる
波止場でお父さんが夜釣りをしている
お母さんがアイスクリームを買つてきた
お父さんの麦わら帽が傾く
河口で舟がぎしぎし揺れる
ぼくの身体もゆれるようだ
お父さんがあくびをした
お母さんは燈台を見ている
ぼくはお父さんの首に巻いた手拭をもらつて
アイスクリームのついた指を拭く
だけど海の匂いが拭いても拭いても指からとれない

# チャンバラ

チャンバラの活動写真を見て来て
手拭鉢巻をして
腰に物指をさして
チャンバラのまねをした
その物指の刀が
ひょいとお母さんの目にあたつた
ぼくはお父さんのふところで小さくなつてゐた
お母さんは濡らしたタオルで目をひやしながら
あやまりなさいとぼくに言つた
ぼくはお父さんの膝の上に小さくふるへながら
たうとうしまひまで　あやまらないでしまつた

# 銭湯＊

お湯の中でお父さんは浪花節をうなつた
真つ赤になるまでつかつていた
ぼくも負けないでつかつていた
ぼくがお父さんの背中をながすと
こんどは浪花節まじりでお父さんがぼくを洗う
銭湯の帰り道
お父さんは頭に手拭をのせて浪花節を教える
ぼくも頭に手拭をのせてあとをつけた
咽喉がかわいたというと
通りのうどん屋であつい狐うどんをとつてくれた

# 女友達

隣りに　ぼくより二つ上の女の子がゐた
よく絵本を見せてくれた
時々家の中で遊んだ
そのうちお母さんが
女の子とあまり遊んではいけませんと言つた
なぜだか　ぼくにはわからないのに
けれども、それからぼくはその子と遊ばなくなつた
少しさびしかつたがさうしなければならないと思つてゐた
なんだか虹が消えた空みたいな気持がした

# 祕密＊

ぼくはこつそり引出をあけた
財布をあけて五錢白銅をつまんだ
誰もいないのにどして身体がふるえるんだろう
足の下で台所の板がそり返える
足あとがついていないか？
戸をしめてまつしぐらに走つた
場末の活動写真館の前まで来て
はじめて掌をひらいて白銅貨をたしかめる
そこから湯気がたつていた
ぼくはどきどきする胸をはつて札を買つた
中から弁士の哀しい声がした

場内に夏蜜柑の匂いがして
ぼくのネルの襦袢がすっかり汗ばんでいた

# 嘘＊

ぼくの嘘がばれてお母さんが叱る
ぼくだつて嘘をつくときどんないやな気持がするか
お母さんは知らないのかしら？
ぼくはあんなにつらくて苦しくて嘘を言つてしまつたのに
お母さんは頭からぼくを叱りつける
お母さんがあまり意地悪だからぼくは強情になつた
ぼくはしくしく泣きながらまた嘘をついた
するとこんどの嘘はぼくにとても気持よかつた
嘘をとおさないと自分に悪い気がしてがんばつた
それからぼくの中に嘘が厚い壁のようになつてきた

# 女先生＊

ぼくは音楽の先生が好きだつた
紺のスカートの髪の長い人だつた
いつも竹の笞を手にしていた
笞で机をとんとんと叩くと
先生の右の手がすらりとオルガンを鳴らした
ぼくが歌う番になるといつも声がふるえた
直ぐつまつて俯向くぼくを
先生は眼鏡越しにほそく見ていた
学校の帰りにぼくはひとりでうまく歌えた
歌つて歩きながらぼくは涙ぐんでいた

# 釘さし＊

放課後友だちと釘さしした
講堂の横の湿つた地面に釘がささると
土がぽつくりわれる
なかなか釘がささらない
今日は学校の父兄会だ
ぼくも友だちもあまり喋らない
学校に人の気配がしなくなつた
父兄会も終つたのだろう
ぼくの頭には先生の前のお母さんばかりいる
黙つたまんま力一ぱい釘を投げる
先生とお母さんに向つて

だけれど土はもつくり崩れるだけで頼りない
ぼくはだんだん苛々した
校庭の葉桜のあたりから夜の匂いがしてくる
それでも帰ろうとどちらも口に出せないのだ

# 通知簿＊

ぼくは便所で何度もちり紙を数える
成績簿のあたる日だ
紙が偶数だつたら　お母さんに誉められる
奇数ならお母さんに叱られるのだ
数えるたびに　みんな違つた
偶数になつて　やめて便所を出た
頭がひどくきりきりした

# 入院＊

お母さんが入院した
誰ともぼくは遊びたくない
店の飾り窓を一つひとつ覗いて
町の中をひとり歩いた
お母さんのいない家がなんだかこわくて帰れない
それでも病院のお母さんに会いたくなかつた
ただむやみに腹立たしくて
マントのボタンを口にくわえて歩きまわつた

# 死＊

ぼくはぱつちり目をあけた
だけど黙つていた
お父さんは暗がりの中で手さぐりして
ぼくの顔を何度も撫でて
この子がなあ　この子がなあ
そう言いながら咽喉をつまらせた
なんにも知らないんだねえ　可哀そうに
と横から伯母さんがすすり上げた
直ぐにお母さんが病院で死んだとわかつた
わざとぼくは動かないでいた
起さない方がいいですよ

と伯母さんはお父さんを連れ出した
二人とも行つてしまつてぼくは目をとじた
ちつとも悲しくはなかつた
急に大人になつたように頭がはつきりしてきた

# 哀章——少年の日＊

炬燵の中で腹ばいに
見たる絵本の夢の国
トルコの国の王様が
なじかは知らず気に入りて
八字の髭をつけてみぬ
窓にあたりし粉雪の
微かな音を聞きながら

父に抱かれてサーカスの
青いランプの下で見た
とんぼ返りの少年の

青い瞳よ白い脚
父におわれて帰る道
青いジンタがいつまでも
風にゆられてついてきた

大人にならむと憧れど
嘘つく大人見たる日よ
土筆《つくし》の土堤に寝ころびて
鉄橋わたる汽車を見し

母が知つたら怒るだろ
人と諍《いさか》いお社《やしろ》の
欅の下で泣いていた
母が知つたら嘆くだろ

諍《いさか》い果てて帰る道
川の流れに石を投ぐ
石は流れにとどかねば
河原の石に跳ねかえる

姉がほしさにひとり来て
野路の地蔵に石を積む
夕日は淋しあかあかと
願いをこめて石を積む

母のない子の淋しさは
たとえば街の赤ポスト
雨にしとしと濡れながら
夜もひとりで立ちんぼう

憎し憎しみな憎し
ネオンの街を笑いゆく
母子の連れはみな憎し
裏町づたい逃れ来て
橋にもたれて呟きぬ
憎し憎しみな憎し

生きるを憂しとわれに言う
友の額のひろくして
愁いを重く沈めたり
桜ひらくという宵を
人波はなれ花も見ず
暗きが方へ行き悩む

ロミオの恋のはかなさを

友は小さく語りけり
ひめごと胸にひそめしか
眼にはじらいの泛びたり
犀川べりに花ひらき
通る乙女の光り見ゆ

恋というにはあらねども
かなしき心君知るや
瞳は深き君にして
おびえるわれをなんと見し

木の芽みどりに光れども
君はまばゆく会いがたし
君がま白き窓かけに
灯りのつくを見て帰る

君がみ家の垣の内
忘れな草の咲きてあり
君には会わずひそやかに
忘れな草を折りて来ぬ

冬の渚に打ち上げし
色褪せしたる女靴
誰が履き捨しものならむ
冬の渚にひとりいて
女の靴を蹴りてゆく

稚き恋のかなしさは
水のほとりの螢ぐさ
何をもとむることもなく

悩みに折れてながれゆく

少年の日に見し夢は
月夜の海の水母《くらげ》かな
波間を青く漂いて
浜に打ち上げ融けゆきぬ

# 少女像

昭和26.12.30–28.8（＊は昭和43年修正分）

# 少女像*

少女は髪がまっ直ぐであった
人がいないところで
その眼はとおくを見つめていた
手はもう大人のように
水仕事に馴れた指は
針を運ぶことが上手であった
大きくはなかったが
その声は澄んで
人のこころを落着かせた
明るい街を人が晴着を着てゆくとき
木蔭の草の中で

本を読むことが好きであった
大輪の薔薇や牡丹よりも
野の小さな花を見て
涙ぐんだりした
その少女が笑うとき
人は愛の思いが一ぱいになった
世界中の人の不幸を救うのが
自分の一生の仕事であることを思って
少女は泣いた
母になることの運命を
ひそかな誇りで感じていたのだろう

# 編物＊

少女は
毛糸を編むことが好きであつた

細い竹の編棒が
まるで魔法の杖のように動いて
さまざまな色彩に溢れた少女の夢を
いくつもいくつも織り出してゆくのであつた

静かな無限を思わせる時間が流れ
不思議にまわりを孤独の壁で厚くした

ふと何かに気づいたように
小さくなつた毛糸の玉を膝に寄せると
白い魚のような指をあげて
少女は後れ毛をほつそり搔き上げる

人まえではいつも俯向いて
無口な少女であつたが……

その瞬間の少女の瞳は
青く濡れたように光つて
誰にも見たこともないほどの倖せを
身体に溢れさせているのだつた

# 葡萄＊

少女はその葡萄の木かげが好きであつた
木は若々しく節くれて
少女のくるぶしのやうにつやつやしてゐた
鹿の脚を思はせる
枝々のしなやかな姿態の強さに
少女は伸び盛りの肉体の新鮮なかがやきを感じ
その愛撫の手をいつも置いた
その木の成長は激しく
夏はむれる匂ひとともに
茶褐色の樹液の汗を吹いた
秋の日ざしが紫色に翳り出すころ

その葉は深い緑を湛へてひろがり
少女の疲れた身体をやさしくくるんだ
少女の手にある本の上に
葉影はその形のまゝに揺れて
まどろみかけた少女の瞳に
なにかしらとほい愛の幻しをひそかに見せた
その少女の背が凭れる樹肌は
いつか堅くしまつて来て
少女はその感傷の言葉を
ナイフの鋭い刃に刻もうとしても
弾き返へすばかりに逞しく筋ばつてゐた
ある日少女が
自分の苦しみのすべてをそこにこめて
この嵐に磨かれた梢の幹に身体を投げかけたりした
その時少女の肉体の痛みのどこかに

この樹の中をながれる乳のやうなもの甘さを感じた
葡萄の青い稔りは
もう間もなく光る粒となり
ふさふさとして垂れる日の近いことを知り
少女は泣いた
すでにひややかさを増した風にぬれて
葡萄の葉並がざわざわ搖れ出すと
夕燒は空のなかばを染めながし
少女の夢を高く舞ひ上げ
とほく連れ去るのであつた

# おるがん＊

少女はおるがんを弾いた
小さなそろつた指が
水の上の花びらのように
おるがんを沈めていつた
ゆるりと
重いかなしみが
そこに波紋を重ね出した
むかし
母の腕をつかんできいた
月夜の海の
人魚の寂しさを思い出して

少女はうたつた
生きる歎きと
運命の厳しさが
ゆるやかに
響き合つた

# 蟬

真晝の日が
土蔵の白壁に溢れて
庭の果樹の葉影を
坐机のひらいた書物の上に
映して来た
豊かな夢想の瞳を
静かに上げてゆき
ふと少女は白壁の光りに促へられてゐた
不意に身ぶるひするやうに
膚に少女はほとんど悲しみを感じて
孤独の意識の中にとほく

蟬がしいぃんと響いた

# 毬＊

なにかしら怒りが溢れると
少女は小さな毬をもち出して
肩をまるくして
ついた
手をはなれた毬は
一本の直線になつて
次第にはげしく
少女の胸に跳ねかえつてきた
この絶え間ないくり返しの中に
怒りをこめるようにして
少女はあらわな感情を

人に見せないのだつた
少女のひたむきな感情は白く延びて
その掌に　痛みのように
哀しみが
残つた
手をとめると
掌の毬に
火照つた自分の頬を
やさしく　少女は
觸れさせていた

# 紫陽花

少女は山蔭の道をとほつた
黒い崖土の上に
紫陽花は少女の肩に垂れて
ひつそり搖れた
ふと
足もとの夏草の中に
水の流れの音を見つけると
少女はその暗がりに祕められたものを探ぐるやうに
自分の意識をすつぽりと沈めていつた
しばらくして
一瞬

大人になる自分を
少女は感じ
こみ上げるかなしみから
胸に垂れ懸つた紫陽花をはげしく摑んだ

# 手紙抄

——母より

昭和27.12（＊は昭和43年修正分）

## 一月*

おめでとう

今日はお正月の二日
おまえの誕生日ですね

おまえは笑っていますか
お正月がたのしいですか

わたしは今日も病室に一人だけ
病院のお正月は静かです
雪の上に白い雪が舞っています

もの音まで白く聞えます
おまえの生れた日にほんとに同じく

わたしの折鶴が今日で百羽になりました
昨夜《ゆうべ》床の上に並べてみたのです
お布団の花模様の上に九十九羽
灯りで生きてるみたいに光りました
今朝はそれを新しい敷布の上に並べました

この百羽の鶴をおまえに上げます
薬包紙で折つたこの鶴を窓から放すと
花びらのような雪の中に消えてゆくでしょう
今夜あたりおまえの夢にたどりつくのでしょうか

雪の花びらに濡れた一羽にのつて

わたしはこつそりおまえの傍へゆきたい
誕生日に　わたしがおまえに上げられるのは
それだけ——

でも
おめでとう

平凡で美しいこの言葉を
おまえはきつと抱きしめてくれますね

# 三月＊

今日はおまえにうれしい便りをあげます
わたしは少し歩けるようになつたのです

わたしの窓からは大きな桜の木が見えます
細い枝が絡り合つて延びながら
ほんのりと紅らんでいる
小さかつたおまえの指の爪のような
固い蕾がついて光つている
その梢の下の散歩路を
少女が髪を光らして通つてゆくのを見ていたら
わたしまで歩きたくなつてしまつたのです

お部屋のカーテンが静かにふくれてくる
明るい早春の一日でした

石垣のある道ばたで
わたしは福寿草を見つけました
おまえの好きなこぶしの白い花も見ました
それが日だまりに寄りそうようにして可愛かつた
わたしがそつと指にふれると
花たちは小さく身ぶるいするのです
おまえとお話ししているような　たのしいひとときでした

でも　梅の枝が雪のために折れているのを見た時
わたしはおまえのことが気になつて心が傷《いた》んでしまつた
おまえが怪我をしても　わたしは行つてやれない

おまえにわたしはなんにもしてやれない

こんなわたしをおまえは許しますか

それでも　折れた梅の枝に白い蕾がふくらんでいました
まだすつかり乾いていない道のほとり
枯れた草のあわいから新しい芽も出ているのです
泥によごれながらなんと生々していることでしょう
あんなに永く冷たかつた冬の苦しさに耐えて
辛抱強く生き抜いてゆくもの
成長するものたち
みんななんと美しいのでしょう

励されながら　わたしは
一歩一歩ゆつくり帰つて来ました

# 四月*

ほんとに　おまえに見せたかつた
病院の廊下の柱ごとに花立をつけて
それに満開の桜を活けてあつたのです
それが　今朝風に散つて
廊下が花びらで一ぱいになつた
お家のお菓子皿の
あの象眼細工にそつくりになつた
そこを歩くのがなんだか勿体ない気がして
わたしはお部屋の戸口でぼんやりしていたら
人に笑われてしまいました

気分がいいので　わたしはお洗濯に小川へ行つた
雪がすつかり融けて水がたくさん溢れていた

おまえがよく靴を落してきたことをおまえは覚えていますか
川へものを落すのが面白くて
おまえは何でも落してきた
新しい夏の帽子まで落してきた
お父さんの竹のステッキに針金をつけて
すぐ拾いにゆくのがわたしの役目だつた
おまえがおじいさんの靴を落して来たとき
わたしはおじいさんに叱られてしまつた
ぽとんというあの音を聞くのが大好きだつて
おまえが平気な顔で言うものだから
わたしはとても困つたのです

むかしのことですね

でも　お母さんには
おまえがどんなに大きくなつても
そんなころのおまえが頭からなくならないのです

おまえはいつだつてわたしには小さい
わたしの両手にはいつてしまう程小さい

けれど　おまえは
両手にわたしをいれてしまう程
いつか大きくなつてしまうのでしょう

# 五月＊

ありがとう
おまえのお便りのうれしかつたこと
白い鳩のように来て
わたしの胸の中に今も舞つています

五月の海はどんなに輝しかつたことでしょう
わたしの眼にもおまえの歩いた砂丘が見えます
おまえの足あとが砂の上に光つています
青い空と白い波しぶきとおまえの顔と
おまえの指からこぼれる絹糸みたい砂と
わたしはまるで絵のように見えてきます

ほんとに久しぶりでおまえはハイキングに行つたのですね
お父さんと一緒だつたおまえのよろこびは
ゆるやかな波のようにわたしの心に寄せてくる

わたしもお父さんと海辺を歩いたことを
今思い出しています
砂の上に千鳥の足あとがあるのです
お父さんもわたしも砂丘にうつ伏せて
そつと腹這つていつた
すると二羽の千鳥がチイチイといつて
むつみ合つているのです
わたしたちはそのままでじつと見ていました
そのときの空のいろと海のいろの
なんともいえず深く澄んでいたことを

わたしは宝もののように心にしまつてあるのです

帰りの電車で靴下の中の砂がかゆかつた　つて
おまえの困つた顔が見えるようですね

夜寝てからも身体が揺れるようだつた　つて
おまえの耳に一晩海鳴りが聞えたでしょうね

おまえはお父さんが忙しくて
遊んでくれないのを不満がつていたけれど
お父さんはやつぱりいい人でしょう

お父さんを大事になさい

うれしい日――

おまえの手紙を胸の上にして

# 六月＊

お母さんは今日少し熱があります
このごろ雨が降りつづいていますね
わたしの窓の桜の木はすっかり
青葉が密集して延びていて
わたしの頭がとても重たい
わたしみたいな病人には
この季節はあまりものの生長がはげしくて
どうしても苦しくなるのです

おまえは明るい雨が好きだと言っていましたね
それはお母さんの感じだって言っていましたね

明るい雨はお母さんだつて大好きだけれど……
このごろの雨は明るい雨じゃありませんね
おまえも知つているヴェルレーヌという人の詩みたい
これは人の心をしめらしてしまうものうい雨ですね

だけれど　わたしはかなしがつてばかりいないのよ
つい先日　綺麗に晴れた日があつたでしょう
病院の水道が故障していたので
わたしは裏山の裾の小さな泉まで行つて来た

山の鮮かな翠りが泉に映つて
そこへぽたりと桐の花が落ちて来ました
わたしは花びらも一緒に汲んで帰つた

その晩は遠く蛙の声にまじつて

なんだか山の音が聞えるようだつた

その桐の花を押花にしてあつたので
この手紙の中にいれておきます

動けないで　ずつと見ていたお部屋の天井に
少し雨もりして
小さなしみが出来ましたが
それが可笑しいことに
おまえの頭のかたちにそつくりになつてきた

わたしは時々布団の襟に口をやつて
くつくつひとり笑いしています

手紙を書いていたら

お母さんの心がとても晴れて来たようです

では

さようなら

## 七月＊

おまえはどうしていますか

わたしはまだ
涙がかわいていません
羞しいけれど――

おまえが帰つたあと
わたしはずつとあそこに立つていました
夕焼が空の半分ほども染めていました
おまえの乗つたバスが町の家影にはいると
わたしはおまえがその夕焼に消えてしまつたのかと思つた

わたしはその時泣いていました
ハーモニカを吹いてゆく村の子どもに
わたしは泣き顔を見せてしまつたのです

あの泉のところで
おまえはいきなりわたしの胸にもたれてきましたね
わたしのこんなにうすくなつた胸に
おまえの泣いているのが
どんなに苦しく響いてきたことでしょう
おまえがなんで泣いているのか
わたしにはわかり過ぎることなのに
おまえはわたしに泣き顔を見られまいと
山の林に走りこんでしまつた
わたしは思わずしゃがんでおまえを目で追いながら
胸がいつぱいにせつなかつた

わたしがお家にいた時
おまえはよくわたしの布団を足さきで上げて
足からわたしの横に滑つてきて小さくなる
わたしは病気がうつると叱ると
おまえは却つてはげしくわたしの胸にすがりついてくる
わたしがおまえの瞼にそつと指をおくと
おまえはやつと大人しくなつて
じつと目をつむつていた

おまえがバスに乗つて　ちらとわたしを見た
あのとき――
おまえのさびしい笑顔が
わたしの胸をつき上げたのでした

わたしは　何台も何台もバスのゆくのを
ぼんやり見ていました

おまえは　今
どうしているのでしょう

# 八月*

蟬たちがあまり喧しくて
わたしは頭が痛くなつてくる
目が暗くなるほど夏の太陽は
わたしの身体を苦しめてくる

だけど　おまえは健康なのだから
もつと太陽におまえの皮膚を灼きなさい
どんな刺激もはじいてしまうまでに
おまえの身体を逞しくなさい

おまえは少し家にこもりがちですね

おまえの年ごろでいけないことです
おまえは日かげに咲く花であつてはならない
いつでも太陽に向つてゆく花でなくてはいけない

わたしもおまえの年ごろに
家にこもりがちな少女だつた
今わたしはこんなに痩せほそつて
明るい外気の眩しさが息をつまらせてしまう

むかし　後の空地に家が建つた時
よいとまけのおばさんが働いているのを
ひとり板塀に凭れて見ていた少女の
とりのこされた心がわたしにかなしい

その中の太つた背の低い一人のおばさんが

わたしにやさしく話しかけてくれましたが
わたしはなぜか羞しくて身体があつくなつた
嬉しかつたことよりも　わたしはその少女の恥しさを忘れない

こんなわたしをおまえは笑つてほしいのよ
おまえは寂しい人になつてはいけない
どんな孤独の中でもしつかり生きぬいて
人間の心をあたたかく抱く人になりなさい

なぜ　おまえはもつと外に出ないのですか
なぜ　おまえは川でみなと泳がないのですか
なぜ　おまえは人と話し合わないのですか
なぜ　おまえは自分の目で見て自分の手でしないのですか

おまえの手が真黒にやけて

平気で傷だらけになつてくるのを
それは心配だけれど
わたしはどんなに待つていることでしょう

## 九月＊

よかつたね
おまえのたのしい顔がわたしにはつきり見えてくる

田舎のお祭りは
町と違つて賑やかでしょう
大きなつくり物が四つ
かぐや姫
金時
弁慶
白雪姫
——でしたか

それに
お獅子が五つ
お神輿一つ

昔と同じですね
小さな子も大人も祭衣裳でお神輿を揉むの
おまえは羨しかつた?

長い真白な髭を垂らして
じゃらじゃら杖をついて
高足駄で歩き廻つていたのが
誰かと思えば　あの山田の忠さんだつて

ふ　ふ　面白いわ

おまえの指に
おまえの食べてきたお鮨の匂いが染みついてとれないように
わたしの目にも
たくさんの高張提灯に灯のはいつた
ふるさとのお祭の夜が今も消えていないのよ

でも　わたしが一番美しく思つたのは
おまえが知らないおばあさんにして上げた小さな親切のこと

おまえはとてもいいことをしました
だから　おまえはとてもたのしかつたのです
いつまでも心が明るいのです
おまえがもつと年をとつてきたら
そんな小さな心のやさしさが
長い人間の一生でどんなことにも劣らず

大切なあかりだと気づくでしょう

羞しがらず
驕らず
そんな小さな親切ができる人になつて下さいね

おまえの手紙をひらくたびに
オルゴールのように懐しい囃子がわたしの耳に聞えて
今夜のわたしをずいぶん甘やかにあやしてくれる

おまえは帰つた今でも
口笛でお囃子がいえますか

# 十月

今夜はとても綺麗なお月夜
こんな晩は裏の山で木の実が落ちる
わたしの耳には聞えないけれど

むかしは　ふるさとの家で
わたしはよくその音を聞いた――

やつぱりわたしも年をとつてしまつたのね

おばあちやんになつて
おまえに昔話でもしようかしら

おまえはわたしの生れたお家を覚えていますね
石垣を前にして小川の流れていたお家だつた
お庭にわたしの脊丈程の石燈籠があつた
裏のお縁からは
山に抱かれた田圃がひろがつて見え
稲荷がいくつもいくつも並んでいた
月夜は
刈あとの田圃の上に
そのさびしい影が倒れて並んでいた

春になると
菜たねが一めんに光つて
夢のようにやわらかないろになつて
わたしはよくぼんやりしたわ

村の子どもにいじめられて
わたしがよく泣いた村のお宮は直ぐ横手
そのお宮の石段がみんなで
百三段——

わたしは今でも覚えている

でも　おまえの生れたお家は町の中だつた
わたしの二階のお部屋の目の下に
中学校のテニスコートがあつた
ボールがよくお部屋にはいつて
汗くさい中学生が帽子を脱いでやつて来た
少女のわたしはこわくてお母さんにボールを返してもらつたりした
わたしがいつも本を読んでいた

藤棚に花が垂れて
花の中に白いボールが落ちて来る
それを見ながらわたしは大きくなつた

そして　おまえも成長した

おまえは自分の生活している身のまわりのものを
しつかり心にしまつておきなさい
それは人間の成長に
不思議に大きな力になつています

年がたつて
それが生きもののように
おまえの中にいつか甦つて来て

おまえを力づけ慰めてくれる日もあるでしょう
――笛の音のうるむ月夜や

むかし　わたしの好きだつた詩
なぜか今ひょいと口に出て来ました
月がわたしの布団の上にまで来て
梢の黒い模様をひつそり織り出しています

――十年《ととせ》経《へ》ぬ
同じ心に
　君泣くや
　　母となりても

# 十二月*

北国の冬が
白い霧のように這つて来て
わたしの窓の硝子を濡している
山なみも道も木も
ものみなが落着きを沈ませて
明るさまでが厳しいような十二月の午後——

わたしの心は哀しみにみちています

朝　病院で一人の少年が亡くなったのです
おまえよりたしか五つばかり上だつた

そう　おまえに話したことがありますね
あの絵の　とても上手な人です

去年の秋
芒のさびしい光りにつつまれて
その少年が写生しているのにわたしが会つた

カンバスには　道が
稔りの波立つ稲の中を延びている

あの白い道は
少女の襟あしのように清潔だつてわたしに言つた

貧乏なのであまり絵具が買えないんです　と
白い歯を見せて笑つたりしました

満洲でお父さんと別れたまま日本に引揚げたが
帰つてひと月してお母さんが亡くなつたのです
そのあと直ぐ少年は病気になつた

兄が駅に勤めていて
絵具を送つてくれます
だから　ぼく兄に絵を送るんです
そう言つて自分の絵を見つめる眼が
ほんとに美しく光つていました

病気が急に悪くなつたある日、少年は
――絵が描けないと
すこし寂しいな
手がひとりでに動いて

天井にまで絵具がもり上つてきたりするんだ

わたしはその痩せ細つた手をしつかり握りました
少年は頷くと　横を向いてしまいました
わたしが涙を出していたからでしょう

お部屋の壁に
少年の黄色と白の菊の絵がかかつていました

今　わたしは苦しく思い出しています
わたしは自分が恥しくてなりません

母であることは
よろこびであるとともにとてもつらい苦しみです
その苦しみが　人間のみんなの苦しみと一つになつて

ひろがつていかなくてはいけないのに
わたしは自分の目の前だけしかものが見えない
おまえがわたしの手の届かぬ所に行つてしまいそうで
不意にかなしく泣いてしまうわたしが恥しいのです

でも　わたしもいろいろ考えています
こうして　おまえたち若者に教わりながら
悲しみや苦しみをとおして
もつと強くもつとやさしい母にならなければならない

今お部屋で　クリスマス・ツリーを立てています
みんなで金紙の星や銀いろの靴を下げている
お人形をつくつてそれを飾つている

わたしは小さな鈴を吊しました

おまえにもあげた小鈴です
寂しいときはよくお布団の中で鳴らしたものです
いま　紫いろのリボンをつけて枝に下げると
白銀の鈴がくるくる廻りながら
透きとおるような音をあたりに響かせるのでした

# 白い壁の中　抄

昭和25.10−29.10

白い壁の中で
死ぬために人びとが生きている

## Hさんに

俺は　今　絵を描けない
作品一つない俺なんだが
俺は画家だという自信がある
その誇りだけで俺は生きている
今　俺は胸を病んで山の病舎に起き伏している
病臭の濃い白壁のカンバスに
動かない手で俺は日がな一日絵具を塗りたくつている
ごつごつと盛り上る絵具の光り
生命が息吹こうとする形象のたかまり
色彩は艶を帯びて
光は漲り影は深くなる
生れて来るものの歓喜《よろこび》が
脈々として俺の手の中にある
だが　俺は絵の描けない画家である
ひたひたと下りて来る霧の流れが
俺の絵を冷く掻き消してしまう
俺には何があるのか？

俺になにもない
俺にはたまらない自信だけがある
歌わざる詩人 描かざる画家！　か
そう澄ましている高潔な諦めを
俺みたいな凡人は悟れない
俺は絵を描きたい
俺は生命を創りたい
俺は一枚の絵をもちたい
限りのない不安と哀しみが俺の胸を嚙む
生命を脅かされている者の絶望的な生活の中で
ぼろ切れのようにすり切れ出した俺の胸には
それでも絵具の油臭い匂いが滲みついているらしく
しぶとくデッサンの筆を折らぬのだ
この貧弱な病室《アトリエ》の中一ぱいに
いつか裕かな光りがさし込むこともあるだろう
そう信じる誇りだけで
俺は今生きている

# 小包

北山よ
僕は今受取る
この小包のずつしりした重さを膝の上に
君のこの小包を僕はひらく

蜂蜜よ

バターよ

夏蜜柑よ

本よ

それに
その本に挾んであつた何枚かの千円紙幣よ

三年を越した僕の結核に
それは何ヶ月かの僕の生活を支えてくれる
それは寂しがる僕のこの心をあたゝめてくれる

君の人柄のように
何の飾りけもない君の小包よ

この夏蜜柑を手にとつて僕は今頬にあてる
君の住んでいる土地を再び僕の眼にするために
それはこの大粒の黄いろの実が
道の上にまで垂れている南國の
遠くに海鳴りを聞く小さな村である

その小さな田舎医者である君は
黙々として毎日君のバタバタを動かしている

小松の這つた低い岩山の麓に
いくつか寄り合つて散在する村々の
ゆるんだ家々の屋根の下に
燻ぶつた貧困と病気とが年中絡み合つているのを
君は辛抱強くほぐさなければならぬ

冬　海風のなだれこむ日
遮ぎるものもない田圃の一本道に
君のバタバタは時々力なくとまつてしまう

妖しく夜光虫のうごめく海ぎしは
山が迫つて断《き》りたつ崖の細道となり
一瞬　バタバタの電光が深々と陥ちこんで
しぶく波にむなしく散り散りとなり
君は思わずバタバタの把手を固く握りしめる

こうして　君の瞼にある一日の疲れは深いが
だが　なんと素朴なよろこびに光つて毎日の朝を目覚めるこ
とであろう

この抜きがたい貧困と病気とをなくすために君は全身で闘う
その闘いをとおして村々の若者が君のまわりに集る
僕は誇りをもつてそれを人に話すことが出来る

それにしても　毎日十里を越す田舎道の往診で
この貧しい部落の一保健医である君が
辛じて貯え送りとゞけてくれたこの千円紙幣よ

僕は羞しいのだ
金を貰うことはどんなときでも羞しいのだ
この紙幣を持つ僕の手のふるえを君は感じよう

だが　僕は君から貰うこの金を拒まぬ
貧乏であることと生活を奪われていることは
今の僕に恥しいことではない
君の呉れたこの紙幣の重みが
僕の心に少しの負担も与えないのは
君と僕との海のような信頼からだ

蜂蜜よ
バターよ
夏蜜柑よ
本よ
そして
本に挾まれた紙幣よ

それは僕の血になるであろう
それは僕の肉になるであろう

それは僕のよろけがちな心の支えになるであろう

友よ
北山よ

君に僕の変らぬ愛情を送る

## Yさんのおつかさんに

おつかさん
腰が痛くないか
息子が肺やみで
荷をしょつかついで
町へ商いにゆく
おつかさん
バス賃が高いんで
汽車に乗つて
歩いて
五円十円貯めて
息子の見舞に来る
おつかさん
その五円十円が
つややかな林檎に蜜柑
光つている卵
ゴマあえしたほおれん草
油染みた百円札が何枚かに化けて
息子の枕もとに置かれるんだ
節くれて
男のような手で
ごしごし洗濯して
太い声で
いつもからから笑つてゆく
おつかさん
少しひきづるような
長靴の音を聞いていると
部屋の俺たちだつて
胸がつまつてくる
おつかさん
せめて
いつも天気だとなあ

# あいつ ――死んだ鍋島に――

I

あいつ　死んじまつた

満十八だつた
八年たつて俺の年だつた

あいつ　最後に俺のところへ来て
おれ　だめになりそうだ　と云つた

こんな身体になつて
愛情つてこわいんだ　と云つた

俺はありきたりの理くつしか云えなんだ
それでも　あいつ　眼を光らして聞いた

あいつの充血して濡れていた眼
光つていて俺を見つめた眼

あいつの眼が　俺の胸を喰う
あいつの眼が　何を見ていたか……

今
俺は知つたんだが

あいつ　死んじまつた

II

おじいさん
あんたの孫は
あんたを愛しながら
苦しみながらあなたの生きかたを否定しようとしました
あいつは若かつた
そして正しかつた
あんたが自分の手にも胸にも抱けないほど
大きくなつてしまつたのです
だけど　あいつ
ぽつんと死んだ

おばあさん
あいつは喜んでいましたつけ
あんたのかついでくるいきのいゝ魚を
いつもあんたがその手で刺身にされるのを
あいつに　どんなにうまかつたろうよ
おばあさん
あいつの黙つた眼が
時々うるんでいましたつけ

おかあさん
いちどもあの子を見舞に来れなかつた
身体のわるいおかあさん
あいつ見かけによらずなかなか強情で
おれに一ぺんきりしか涙を見せなかつた
「さびしい」つて訊くと「うん」と頷いた
「誰に会いたい」と云うと「おかあさん」といつた
あんまりそいつが素直なんで
おれは思わず胸がどきんとした
あいつが入院した十五の年の夏のことです
あいつが黙りがちになつたのも
おかあさんに会えないかなしさよりも
見舞に来れないおかあさんの心が
あの子にあんまりわかつて来たからなんでしょう

おとうさん
あなたの息子はみんな知つていました
戰争が
あなたをあなたたちの生活からひきちぎつていつたのを
あなたの船をみんな賣らねばならなかつたのを
あなたが人に使われる身になつたのを
口惜がつていました
自分が病気で臥ているのをどんなに苦しんでいたでしょう
あいつ　あの年で
よく貧乏のことばかり喋つていた
貧乏について考えていた
今の社会の仕組みがどんなに人間に冷酷なものであるか
それがどんなに人間を醜くするものであるか
あいつは少しづつ知つて来た
あいつはあなたと自分の暮しをとおして
どんなに力強く
ある時はかなしい程心を痛めて

ぐんぐん成長しつつあつたか
おとうさん
あなたは御存知でしょうか

ふさこさん
あいつが大好だつたあなた
あなたをジョーと呼んだあいつは死んじまつたのに
あいつの眼は今もあなたを見ているでしょう
十一月の北國の空のように
澄んでよく磨かれた光りのある眼だつた
じつと見て動かない眼
この眼は人間の心を見ている眼ですよ
それは少しばかり充血して濡れていた
若くて病気で心がいくらか弱かつたからだけれど
それもあいつらしいいつつましい愛情からなんだ
あなたが抱きしめたこの美しい思い出は
あなたの心をこの冬近い北國の日ざしのようにあたため
あなたのこれからの永い苦しい生活に
時には清冽な泉となつて吹き上つて来るでしょう
あなたをジョーと呼んだあいつは死んじまつたけれど

Ⅲ

あいつ
金石中学二年休学のまゝ
死んだ

フランス語と
英語のテキストが
あいつの枕もとにあつた

熱があるのに
手紙ばかり書いていた
あいつ

夜中に起きては
詩を書いていた
あいつ

若いんだ
あせるなよ　無理するな
そういつて帰つた俺が直ぐ喀血して

あの人悧功だと思つていたら
悧功そうに見える奴つてあんがい馬鹿だなあと云いやがつた
あいつ

あいつ
インキをひつくり返し青く染つた布團を着たまんま
死んだ

Ⅳ

あいつの名は
鍋島富士夫
あいつの名を書くと
おれの咽喉がからくなる
あいつ　いやがつていたが
おれは「ぼく、ぼく」と呼んで来た
あいつに　「ぼく」に　おれは学ばなければならぬ

# 一人の人間の死

昭和二十七年夏
國立療養所の一個室で一人の人間が死んだ
土方であつた
骨に貼りついた皮膚には泥の匂いが染み込んでいた
足うらに地下足袋のゴム臭さがあつた
掌にだけ肉がかなり厚かつた
目が大きく窪んで見ひらかれたまゝであつた
飴色のかさかさした軀は少女のように輕く小さかつた
屍体はすべておのれの過去の生活を語るものだ
彼の頬に裂傷が殘つていた
口はかたくとじられていた
髪は剛かつた
眉毛は太かつた
耳は大きかつた
彼は身上話を嫌つた
たゞこのことだけを人に語つた
ストライキで職を追われる時仲間が彼の手を握つて泣いた
その髭づらの涙を見て心がふるえた
俺が役立たずの人間でないことをその時知つた、と
それから一言つけ加えた
俺はそれだけの土方だ
だが俺にもそれだけのよろこびがあるのだ、と
その眼が光つていた
彼は動作が粗野で人に嫌われた
彼は声が強く人にいやがられた
愛想のないはつきりしたもの云いが上品な患者を遠ざけた
その視線をまともに浴びた医者は自分の官僚風の仕事振り
に気づかされて彼を憎んだ
頼むというより要求するような彼の言葉に看護婦は怒つた
一人だけの肉身の兄は土方であるために彼を見捨てた
そのくせなぜか人々は彼を恐れた
彼はチビた鉛筆でものを書くことを覚えた
彼の部屋に花はなかつた
彼は時々自分の言葉を薬包紙に書いた
人は見るだけでそれを読まなかつた
人々は自分に愛があるのを信じたが
彼に愛などないと思つた
彼は生活保護の附添料を節約して死後の費用をつくつた

その余つた金は患者自治会に寄附すると云つた
一人の兄はその金を持つて帰つた
彼の部屋に集つた人はその兄の仕打ちを罵つた
暫く彼のことを話した
それから讀経した
彼の昔の仲間は知らなかつた
涙たれて彼の棺をかつぐ者はなかつた
彼の願いは灰になつた自分の骨が日本の土の上に風にのつて
まかれることであつた
彼の骨は一本の木の下のしめつた土の中で腐つてゆくが
彼のことを新しく思い出す者はないであろう
誰も彼のして来た生活について考える者はいないのか
彼の死んだ部屋に再び別の人間が死を待つている
一人の人間が死んだ
たゞ彼は生れながらの土方であつた
昭和二十七年夏
役場の書記は無表情にペンを取上げて彼を完全にこの世から
抹殺した

# 寒い日の訣れ

小川行男が死んだ
小川行男は一月二十一日の朝の五時に死んだ
わたしは寒くて顔を湯で洗つた
その一時間も前に小川行男は死んだという

小川行男はわたしの長い療友だ
わたしより三つ兄貴だ
いつも坊主刈りにしていたのだ
眼が大きくて綺麗だつた
頬がこけて淺黒かつた
顎が少し尖つていた
風呂へ行くとわたしも小川行男も肋らが見えた

小川行男は死んで死がいになつた
毛布の中で小さくなつた
今　腹の上で手を組んでいる
その指は煙草の脂《やに》で黄いろいだろう
横に曲げた足の膝が毛布を突き上げている
觸るとごつんと堅いだろう

小川行男はむかし百姓をした
それから兵隊にとられた
正直だからいつも擲られた
上等兵になつて一度だけ兵隊を擲つた
支那へやられて馬をひつぱつた
戰争に敗けて日本へ帰つた
小川行男は瘦せて帰つた

小川行男は仕事をした
敗けた日本で汽車の線路を直した
つるはしのたこが掌らに出来た
それでも　なかなか飯が食えなんだ
それで一人の女に失恋した
小川行男は涙をながした

小川行男はそして養子にいつた
仕事にまじめで家族はみんな満足した
子どもが出来てみんなよろこんだ

よろこんで一生懸命に働いた
働きながらある日血を吐いた
小川行男は肺病になつて五年たつた
その女の子どもは五つになつた

今　小川行男の頭の上にラジオが鳴らない
毛糸の手袋がだらりとある
円座がしぼんで折れまがつている
汚れた新聞紙に包んだ便器が見える
それらがみんなわたしの目にしみる

小川行男はわたしの本を読んだ
誰とでも話をした
鳥を飼つて花を植えた
鉢に菊を咲かせて女の患者の枕もとに置いた
外泊するといつも絵本を買つた

マスクをかけて子どもとお祭りにいつた
わたしと何度も釣にいつた
わたしと映画を見て涙をこぼした
人に習つてラジオをつくつた

仕事をすると無愛想になつた
叱られても煙草を吸つた
死ぬまで煙草を吸つてもういゝといつて死んだ
小川行男は詩を書いた
「ほんとうのことを云いたい」と一つだけ書いて死んだ

その小川行男に人々はお経を上げる
わたしは黙つて見つめている
人は小川行男に線香を立てる
その線香は細くてたよりない
小川行男におばあさんは鋏をのせる
そのおばあさんの涙は黒い
小川行男の奥さんは肥つた身体をふるわせる
その子どもは父おやそつくりで父おやがない
人は小川行男に煙草を二箱すえる
わたしは小川行男にたむける心が塩からい
小川行男は死んだがわたしは生きなければならぬ
わたしは黙つて小川行男にわかれを告げる

# 冬

○

冬は　悲しみを
裸木の髪のような枝尖に凍結する

繭の中の蠶に似た
ぬくもつた青い病者の眠り

弱い水泡音に乱れながら　それでも
白い息に濡らし濡らし糸を捲きつゞける

ぶよぶよの皮膚の中に
窪んだ眼がじつと冬を見つめている

○

硬化した気管から
石ころのようにずるりとひきずり出した

青白いこの物体
三十年間の生涯が一瞬　おのれの肉体を離れたような

あとに　ねばねばした唾液が泡立ち　そこには
冬の三十燭光が無数の眼玉になつておのれを見返している

透きとおる時間——

痰コップの蓋の鈍いいろに觸れている
指さきの微かなしびれと

よろよろの敷布をひきのばしている
片手のかじかんだ意識と

○

おとずれて来たものは
冬——

生きるために働いて
働くために使いつくした

骨は
今貼りついた皮膚の中で
寝返りの音をとおく響かせる

湯たんぽは　歩くこともない足をしめらせているが
その眼は

電灯に翅をもがれて
垂直に落ちる冬の虫の姿態を透明に見つゞけている

○

この白い壁の中は
今　気温攝氏二度

あの白い雪の舞う世界は
攝氏零度をずつと下る

自由に動くことを持たない肉体と
狂おしく動いている世界と
距てる

この無表情に冷い窓硝子の厚さ

あゝ　吐息は霧のようにまといつくことをやめぬ

だが　風は
不思議な秩序正しさで
病棟のとおくから次第に音をゆすぶつて来る

その時　耳は
物質と物質相互との微妙なつながりを
感じとろうとして　澄む

○

ある日は
霜は嚴しく
この硝子に
はじけるばかりに音たてて　しみる

重く垂れているものへ
その眼を高く上げ

蝕んで来るものへ
その怒りをかたく蓄え
溢れて来るものを
病肺にふくらまして
わずかに耐える

時に
血管を破るおのれの血に
病者のある者は　憎しみと破壊の中にある愛について　思う

ある時は

冬は
厚く白く凝結して
なめらかな硝子に深くひび入るのを
見つめる

## ある夜──療養所の母から

ある夜　おまへは
不意に涙をこぼしたでしょう
ある日　おまへがひとと笑つていて
ふと黙り込んでしまつたでしょう
わたしは知つているのです
とおくこんなに離れているけれども

わたしの眼に溢れた涙を
そつとおさへた手のふるえが
おまえを悲しませたのでしょう

おまえの淋しさにくらべたら
永いわずらいに疲れた病人の
このよるべない切なさなど何だろう
おまえの髪と瞼と肩と
こんなにもわたしの指に残つているけれども
今は觸れることの出来ぬわたしを

おまえは許しますか──

深夜　ぐつすりとした眠りの中で
おまえのまだ整わぬやわらかな唇が
それでも　すこやかな吐息とともに小さくゆるんで来る
雪で折れた梢の枝の傷口が
不意に訪れた春の息吹きに身ぶるいするように

その時　わたしは
眠れぬ長い夜の牀の上で
ひつそりとおまえを見つめているのです

## 黄昏

ふたたび霧のような雨あしが
なんの音もなく消えてしまつた
西の地平にひとところ雲がきれて
ひとしきりあかあかとあかるんだ
すつかり雨を吸いこんでしまつた樹々の葉が
若葉のいろに光つて
部屋の古びた壁に
ひとときの日ざしがのびて来た

仕事を終えた人びとの帰つてゆく村は
もう夕闇が静かにひろごつている
山々だけが残照にあかるい
それも次第にうすれて
とおくへと去つてゆくようだ

# 祝宴

なんという素朴な祝宴であろう

漸く健康に甦つて
明日はここを去つてゆくあなたに
同じ病牀に伏して来た幾年月の
虔しい羨望をこめてわたしたちは祝福する

病室の壁は夕陽を浴びて
明るい笑い声を毬のように跳ね返している
此處に
鈴と垂れるシャンデリヤも
大輪の花輪も
皿に盛る果実も
何一つない小さな病室だが
同じ苦しみをわかつて来た者にしか溢れることのない
感謝と愛情の祝宴がある
どこに　このように美しい祝宴があることか

見たまえ
人々の微笑はやさしく
人々の言葉はやわらかく
人々の歌に和して
誰かが南國の踊りを舞う
それはあの冬の寒風に耐え
ひと時に咲いた紅い花の笑まいだ

あゝ　わたしたちのあなたに贈るものは
この歡びの心だけである
だが　あなたのわたしたちに殘してゆくあなたの歡びは
これからわたしたちのしなければならぬ生活にどれ程の力と
なることだろう
共に与え合うことの美しさが
この病室の人々の心に泌みて来る

窓の青葉は
殘照を今すつかり吸いこんでしまつた裕かさを見せて
この素朴な祝宴を一きわ清らかにしているようだ

# 雲

雲が流れてゆく
あおい空だ
のろのろと雲がゆく
まんまるに肥えた奴だ
ひよろひよろとゆく奴もある
おう　威勢がいいな
ねじ鉢巻だ
喧嘩はよせよ
おや　追つかけてくる
せかせかしてやがる
今度はいやにむつつりだ
何を考えているんだ
おおい　仲がいゝぞ
とうとうくつつきやがつた
あ　あ　無盡藏だ
たつぷりとした空だ

# 別離

その時
不意にひとつの星が流れ落ちた
僕はそれをうけとめようとして
胸に　かすかな悲しみと
ものの重さを殘した
星が落ちて
僕の眼がそれをうけとめたのは
ひとつの偶然だつたのだろう
その偶然が　なにかしら
ものの重さとその意味とを僕に殘して
僕の胸を傷けた
永久にその星は消えていつた
けれども　僕の悲しみが僕の中に
何時からか強い愛の歌を彫りつけてしまつた

＊　　＊

別離とは何であろう
去つてゆくものと
後《あと》にのこるものと
次第に大きくなつてゆく距離と時間
僕たちが眼と眼とを見交わすこともなくなつてしまう
としても　僕たちは無慙に耐えがたく
それをじつと見守つているだけだ
それにしても僕の胸のかすかなこの予感はなんだろう
靜かに音樂が消えたあとの
あの純潔な充実の時間のように
人との別離のあとに
立ちのぼるこの愛に溢れた瞬間はなんであるのか
人と人とが相会つて
また別れてゆく
それぞれの別離とはあたらしい出発かもしれぬ
あとに殘つた者も
いつかはそこを出発してゆく
いくたびの別離がこの人生に繰り返されることか
僕たちは　こうして
人生というものの意味をひそかに見出して来るのだ

## 夏日小景

病院に金魚売りが来た。
彼はすがめであつた。
背が寸ずまりに低い。
言葉に南國のなまりがした。
玻璃の器を並べる指に傷があつた。
金魚は音なく動いた。
患者は取巻き騒々しく笑つた。
彼は髪のうすい頭を俯向けて、黙つた。
十円の金魚が二匹賣れ、それだけだ。
見送る一人一人に彼はすがめを向けて去つた。
廊下にこぼれた水が殘つた。
やつて来た夏を、人は膚に感じた。

## 薔薇

小さな壷の中で
虫くいの薔薇は
水を吸い上げている

色あせた花瓣を
幾重にも寄り合わせ
おまえだけの眠りを包んで

………
薔薇は
生きている

# 七夕に

病気して五年目の七夕が来た

今日　私は
蚊帳の青い編目を透して
空一ぱいの星を眺めた
私はひとり思つていた
過ぎ去つた日の
運動会の競走に
びりになつて走つた少年の
あのひたむきなかなしみを

いつか私の眼は
したたるような銀河の星雲からそれて
あの夜空をうずめているだろう
目には見えぬ星たちを追つていた

# 昭和二十八年七月七日

あいつは中國で死んだ
あいつはトラック島で空襲で
こいつも肺病で死んだという

中学校の記念寫眞を出すと
きまつて出るのが
そのことだ

病院の白いベッドの上
偶然隣り合せた肺病の学友と
賑やかに死者を数える

どいつらも果てしのない議論で
舌が痛くなるほど喋つたものだと
笑つてみたが………

みんなどいつもこいつも
憎らしいような顔をしていた
あれで結構人を愛していたんだろう

子どもなくて死んでいつた
あいつらの愛情は
この世のどこに滴たつていることか

敗戰八年目
乳いろの銀河は重たい雨雲に隠れているが
七夕はやつぱりここにもやつて来た

# 花の中のあなた

病院の花圃に咲いた花をあなたは摘むと
わたしを見上げる瞳になつて笑つた
わたしは書物をほとりと閉じて
あなたを見つめた
そのあなたの笑顔のなんというなつかしさ
人間の生命《いのち》がほのかにともす
灯しびのように
それはあなたの内部から射す美しい明り
人を愛してはじめて
人は笑顔の美しさに気づくのであろうか
愛慕の切ない哀しみを噛んで
わたしは人間の笑顔の美しさに
心うたれた
青葉の繁みを白く返してゆく夏の風のきらめきのように
この一ときの胸に泌みる感動
花の中のあなたの髪に
七月の太陽が静かに満ちた

# 死期

男は、腕のかさかさにたるんだ皮膚をつまむと、
そこだけが白い飴色に持ち上つた。
そんなことをして、私に、
だが、声は肺病特有にしわがれていた。
ハルピンの夜。白系露人の女のことだ。
——肌がな、しめつた羅沙つてやつよ。
たまらなんだな。
と。
ぞろりと咽喉を鳴らした。
——野良犬さ。
笑つた。
——ふん。そのくせ、
逃げた女房のやつを、
今ごろ……………
と、窪んだ眼を上げて私に向けた。
冬の蠅がひつこくその皮膚に縋つてくるのも、
拂いもせずに、
声にもならぬ程に呟いた。
——あそこもたゝぬ身体のくせに、よ。
瞼が、ゆるく男の濁つた眼を隠した。

# 雪の夜

雪の夜更け、
熱のある瞼を赤く開き、
男は、私に云つた。
雪三尺の火葬場でよ、
俺が母の骨を拾つていたら、
親爺が云うのだ。
——金歯、ないか。金歯が。
と。
——金は高いんだ。
——勿体ないからな。見落すな。
と。
俺は凍えて、
骨がうまくつまめなんだよ。
十五だつた。
男は、かさかさの唇をぼつかりあけ、
見てくれ、
俺に金歯はないやろな。

むつと匂いを私の顔に吐いた。
左顔面をぴくぴくさせると、男は、
——金歯ないか、
あの声がな、今夜は妙に
頭について……。と。
続けて、力のない咳を出した。

# 風

外気舎には人がいない
むこうの砂丘に大砲の音がする
田圃は刈りとられて黒つぽい
森本川に芒が光つている
白い芒は風にかなしいほどせつなく身もだえて
たおれかゝる
この風は日本海から吹いてくる
おれはマスクをしてひとりで風のみちを見ている

# 一日

外気舎のあるじはでつぷり肥つている
肥つているがやつぱり肺病である
肺病は同じであるが私は痩つぽち
痩つぽちの私が肥つたあるじを訪れる
いい天気だねえ
ほんとだ　どれ　お茶でもわかそうか
あるじはやおら起きあがり
手製のかまどに火をいれる
ひょろひょろの煙突から黒い煙が盛りあがる
どうだね　面白い本はないかね
さあて　助平な本しかないな
外気舎の中で六角時計がぽんと打つ
そこへ守衛がやつて来た
火の用心　火の用心
やあ　どうだね　お茶でも一ぱい
あ　あ　いい天気だねえ
まことに　たんぶりした秋の日だまりである

内灘村砂丘地　抄

昭和27.11.30–27.12.2

1

石川縣河北郡内灘村砂丘地
日本第二の面積をもつという砂丘の堆り

それは
日本海の風波が日夜白い牙を砥ぐ
弓型の長い海岸線をその裾にして
擂鉢の形に
滑らかな曲線のやさしさを見せながら
力強く盛り上つて
權現の森の頂きをつくる
絶えず胎動して
形を変える砂丘は
横列に
いくつかの起伏のうねりを刻みあげて
人々はわづかに松あかしやの樹林を植え
はげしい季節風から
自分たちの貧しく痩せた
開墾の畑を守る
そこに
小さく寄合い
散在してひつそりと
一千八十七戸の藁と瓦の屋根が竝んで光る
室
黒津船地内
西荒屋
宮坂
大根布
向粟ケ崎
六つの部落を集めて
この内灘村は河北潟に臨む

一千八十七戸の村人の生計を支えるものは
この河北潟の年々に衰えゆく漁獲と
日本海沿岸の地曳網
北海道に出稼ぐ若者のその腕一本に持ち帰るもの
合せて一億五千円あまり
それはこの村の全収入の六十八％を占めるが
一戸あたりわづかに年八万余円
この青ざめた家計簿に
人々は
指の爪ほどの田畑を耕して

勤労への溢れる意欲を
圧制への怒りに
ぶちつけている
だが
長い忍従と諦めとに狎れ
人々はこの貧しい生活に疲れ切つたであろうか——

女たち——
娘たちは街に出て働き
嫁にゆけば
年老いて動けなくなるまで
潟の鮒を籠に入れてかつぎ
街の市場へ家々へ売りに出掛ける日がつづく

その北陸第一の都市金沢へ
五粁のレールを敷いて
北陸鉄道株式会社の粟ケ崎電鉄は
今日も魚臭い車体をゆすぶつて来て
河北潟を流れ出て海に注ぐ大野川べりの新須崎駅に
釣人をおろし
オカカたちをのせる

2

今十二月の最後の日ざしが
なにごともなく河北潟の水に光る

潟は靜かに
水辺の葦を映して
宝達山をやはらかく水面に抱きとつている

水のほとりに
屋根の傾いた家々がいくつか
ひつそりと物音もしない

老人のあやつる舟が
とおくに黒く
網をうつている

年々に減じてゆく魚の数……

水面は
ふるえるように
時々しわ寄せて水影を乱すが

風は
白雲とともに
はるかな地へと移る

村人の夢のように
それは
干拓された
この潟の上に
光る麥を
垂れる稲を
おのれの手の中に見る
夢

曽つてこの潟の水を干そうとして
銭屋五兵衛ははりつけにされ
人々の希みは無慙に錆びた槍にさゝれ
夢はいつも
祖父に
父に
子に

うけつがれて
とおい

若者たちは
ガスと濃霧の立ちこめる北海へ
出かけなければならぬ

女と年寄りの殘つた
村々に
辛じて生活を支える
砂丘地の痩せた畑に
植林の影が
冷たく倒れる
あゝ
それさえも——

過去は
現在にそのまゝに
圧制の歴史は
長く
冬の烈風よりも凄じく

貧しい人々の肉体をしめつけてゆく
今河北潟は靜かに
深さ一尺の泥地の
水を絶えず濁らして
北国の冬の日を浴びながら
かなしい詠歎に似た風景を
横たえている

4

今夜も
あたしは
大好きな砂丘に来た
月夜で
防風林が
あたしの身体に
黒い縞になつて倒れて来るようだつた
このあかしやの木や
松の木は
あたしたちのとおいむかしの
おじいさんたちが苦労して植えたものだ
おいもや白さいがたくさんとれるようにと思つて
あたしたちは貧ぼうだ
だけど　あたしたちのとおいむかしのおじいさんたちの方
が
もつと貧乏だつたのだろう
だからあたしたちが少しでも暮しがらくになるように
わざわざ植えてくれたのだ
そのことを先生にきいて
あたしはとてもうれしかつた
けれども　あたしの大好きな
この砂丘を
アメリカの大ほうを打つ場所に
取り上げるんだという
みんな村の人はおこつている
あたしもはらがたつ
おとなしい人になれというが
黙つてなんでもはいはいときいていたら
いつも戰争のときみたいにだまされる
だまされるのはだまされる方もわるいのだ
あたしは思うことは云わなくてはいけないと思う

こゝをアメリカにとられたら
大ほうの大きなこわい音より
おじいさんたちの植えたこの林の木の
つめたい海の風にもまれてほえるような
かなしがる声が毎晩聞えて来て
きつとあたしは眠れない
おばあちゃんはとなりのおばあちゃんと
ちんじゅのお宮さんへ行つた
あたしは
海が見える浜へ出たら
海は黒くふくれ上つて見えた
まるで怒つてるみたいだつた
むしろの旗をもつて
金沢へいつたおとつちゃんの
汐かれたでつかい声みたいに聞えて
あたしは急に力が出た
三十分程月で青い砂の上に坐つて
帰つた

6

あなたたち
白い鉢巻に白い襷　もんぺをつけたあなたたち
曽つて着飾つたことのない
内灘村千余人の女性のあなたたち
あなたたちは
かたく手をつないで街を歩く
あなたたち
母よ　娘よ
冬の街に風は吹きすさび
顔を上げてあつく人々は見まもる
砂丘地接取反対のプラカードは高く立てられ
むしろ旗に字は身もだえて人々の胸にせまる
あなたたちの怒りはきつく
あなたたちの重いその足音にひびく

あなたたちの決意はきびしく
あなたたちの白いそのよそおいにつながる
あなたたちを　あなたたちが愛する人を
あなたたち虐げられたものを

自分自らの手でまもるために
自分自らの足で立ち上つたあなたたち

あなたたちは知つている
生きるための人間の開放の戰列にすでにあなたたちがある
ことを

それは　あなたたちのきつく眼に光るもの
それは　あなたたちのあかく頬に光るもの
街を吹き抜ける冬の風は人々の心を鋭く砥ぎ
街を踏みしめるあなたたちの顔に冷く燃える

あなたたち
母よ　娘よ
新しい夜明けの歴史の胎動を街に響かせて
人間の圧制者に向つてはげしく迫るあなたたち
あなたたちの瞳は今悲愴のいろはなく
怒りに昂まる愛の大きさに濡れて光る

あなたたち
日本の母よ　娘よ

7

冬の烈風が
この砂丘の砂を巻いて
おれたちの顔を削る
おれたちの耳を切る
剃刀の風
おれたちの目をつぶす

眞黒の風

おれたちの口をもぐ
シベリヤの風

日本海の朔風が
この砂丘の砂を巻きあげ巻きあげ
おれたちの怒りを砥ぐ

8

いやだ！　と

おれたちの
血が云つた

だから
おれたちは
おれたちの指を裂いて
これに書いたのだ

いやだ！　と

大げさだ……
笑うものは笑え

見ろ

おれたちの血は
どすぐろく紙に染みついて
もう消えぬ

いやだ！　と

9

おばあよ

重い
重い
この重し石で
つぶされて

つぶされて
つぶされて
しぼられ通しに
しぼられて来た
たくわんの
むんむんする
くせい
おばあの息よ

あいつらに
吐きかけてやれ
吐きつけてやれ

ぶつつけてやれ

たくわんいろの
筋だらけのおばあよ

10

新聞の
うすぼけた寫眞の中で
郷土出身の大臣が
群衆に揉まれてつぶれそうだ
四千人を越える人々は
鉢巻をしめ
たすきをかけ
むしろ旗をふり
プラカードをあげ
一人の大臣を
押しつけ
踏みつけ
ぶつつぶそうと
揉みあい
渦巻く
十日前に
歓迎ぜめに
バンザイにかこまれ
得意満面であつた
郷土のほまれの大臣が
同じ場所の
同じ駅で

うけた
この
怒りの
一瞬
このはげしい
怒りに
眉をひそめる
ものは
誰か！
怒りは
怒りを
更にはげしく
人々の心に呼んで
人々のよろめく腰を
押しつぶして
あふれ
もりたつて
ゆすぶりあげて
日本の人民の心に
高鳴る
力よ

このうすぼけた
新聞の
貴重な
寫眞よ

14

十二月——
北国の冬が砂丘に訪れる
風は厚い川の流れとなつて海を渡つて来る
身にあるものをかなぐり捨てて
樹林は
砂丘の起伏に従い
横に長細くつらなり
更に起伏はうねりたかまつて
そこに一列につらなり
その裸の枝々が
天に鋭く突きささつている
林を出て更に起伏は大きく盛りあがり
今日本第二の内灘村砂丘地は
荒涼として眼下に

その鮮かな傾斜をながれおとして
ひろがる
水平線をわずかに円く見せる眺望
風はねじれこむように
砂をまきあげ
渦巻く
重い地鳴りとともに
砂丘は
その起伏をゆすぶつて
絶えずその形を変えてやまない
冬
垂れ下がる黒い雲の群團
日本海上の沖とおく
波は
白くしわじわを疊み
疊み寄せ
雪崩れこんで
この砂丘を嚙み
砂を削り
いつまでも
いつまでも

どよめき
ゆすぶり
轟く

# 冬のうた　――喪失の季節　抄

昭和27.12.13

1

冬のやつめが来やがつた
窓の梢は葉が落ちる
人の心の中までも
ばさりと何か落ちるのだ

溜つた落葉は腐り出す
心はからつぽ冬景色

天を掃く帚はないのか
この腐つた心の落葉を掃き出すやつは

冬のやつめが来やがつたのだ
せめて雪でも降つて来い
すつかり腐れたこいつらに
白いやつがずしんと積つてくれんか

3

そのうち
あなたらは

髭が生える
金ぶちの眼がねをかける
眼がほそくなる
揉手をする
言葉が重くなる
肩が張る
そのために腹が出る
眼がいつも動く
はつきりものを言わないで置く

腕組みをして
ソファに凭れて
居眠りが多くなつて

息ぎれがして

どこでも人びとのお辞儀ばかり見る
机の上に満開の花ばかり見る

そして——
あなたはすつかりからつぽになつている

5

あなたの頭には
紙に書かれた文字ばかりある
あなたの目には
僕等がみんな名札に見える
だから　あなたは
自分の好き勝手に僕等を並べる
釘にかける
いじくる　ひっくり返す
だが　僕等は
名札ではない
僕等は人間だ
あなたの好き勝手にならぬ
僕等は
だから　抗議する！

6

あなたは規則をふりまわす
あなたは僕等をおどす
だが　あなたの眼がどこかおびえる
あなたの顔が不安になる
僕等はあなたをかなしむ
だが　そのかなしみは塩からい
あなたには妻がある
あなたには子どもがある
あなたには髭がある
髭のあるあなたに
それでも　僕等は
大きな声を出さねばならぬ

7

それで
これが見える？
うん　見えるね

じゃ

これが聞えるかね？
聞える

なるほど
ところで　これが感じるかね？
感じない

あゝ
どこも痛みはないね
眠むたいだけですか

ふん
あんた
だいぶ　こりゃ悪質だ

そうだ
ちょつと癒らんよ
薬がないんでね

病名？
なあに　今流行《はやり》のやつさ
人間失調症、つてね

8

冬が来た
どこもかしこもうつろだ
草が枯れ
葉が落ち
きたならしいものがむき出しだ
人間らしいものがなくなつた
黒い犬のように
あいつらがうろついている
喪失の季節だ
冬のやつが来やがつた
泥だらけの風が吹いている
どろどろの道が続いている

# わたしの心の愛の歌

昭和27.4–27.11

# 鈴

あなたの呉れた小さな鈴
その金属のうすい肌
あかるく光る白銀いろ
そこに映る　わたしの顔
この小さな世界のわたしの顔
ほのかに翳るわたしの含羞《はずか》しさ
紫いろの紐をつまんで
わたしの指が小さく揺れる
その時あなたがあらわれる
魔法使のあなたのやうに
あなたは小さなあなたになり
魔法使の少女のやうに
あなたの声が天より響く
透きとほつているこの時間
汚れてゐないこの空間
それはわたしたちの歴史
それはわたしたちの宇宙

そこに響くあなたの愛
そこにふるへるわたしの愛
それは小指よりも小さな鈴
あなたの鈴がここにある
あなたの鈴よ

# 眼

わたしの促えたあなたの眼
あなたの眼とわたしの眼
ほのかに翳るあなたの瞼
たまゆらふるへるあなたの睫毛
あなたの瞳にわたしがある
あなたの瞳にわたしは見つける
あなたの眼にあるあなたの歴史
とほい昔の名のない花と
銀のとんぼと山の夕日と
ひとり迷つた森の中
めまひを感じた淵の渦
よろこびとかなしみと
ゆらめく世界と心のふるへ
わたしの促えたあなたの眼
あなたのうるんだ水晶体
あなたの瞳のしづかな光り
あなたの瞳とわたしの瞳

あなたの瞳にわたしがある
あなたの瞳にわたしがある

## 明るい雨

明るい雨が降つてゐる
花が開いた四月の宵……
この雨はいつたい誰に降るのであらう
眺めてゐるわたしの放心
雨が小さな音をたてて降つてゐる

その夜　わたしは眠らなかつた
わたしのこころは眠らなかつた

あの時──
わたしはどうしてあんな喋り方をしたのだらう
別れたあとのあふれる言葉
私の身体が感じるあなたのかなしさ
私の心が促えるあなたのやさしさ
わたしは掌をひろげて何度も見つめる
わたしの掌が光つてくる

わたしの身体に痛みはない
今はわたしの心に哀しみさへない
わたしはそれを力にする
だが　わたしはいま眠つてゐるやうだ
明るい雨が降つてゐる

## ある日　あなたと
## ――ある日の幻想

長い白い道を行くと
麦の穂が波うつ上に
あなたの白い家が見える
鴎のやうに窓がきらめく
あゝ　とあなたが小さな声
小走りになつて
急にあなたは立止る
羞しさうに
少女のやうに
首をかしげて

ここはあなたの住んでゐた家
あなたの心のなかに
わたしの心のなかに
これから住むであらうこの家
――あなたは白いつつじを手折つて

あなたはその手を水に涵す
苔のある石にかこまれた小さな泉の
あなたの顔に光の波紋が揺れる
わたしの唇から落ちる光の滴くを見て　あなたは笑ふ

古いあなたの家の大きな樟
青い風が揺れて
あなたの瞼がほんのり翳る
――なにを聞いてるの？
あなたは驚いたやうにわたしを見る
――水の流れ？　蛙の声？　それとも　山の音？
あなたは黙つて首をかしげる
くすくす含み笑ひして
あなたの瞳に翠りが一ぱいになつて……
わたしはこつそりあなたの幸福を見てしまふ

# 風

風は麦の穂を畳み
風は梢の葉を巻いて

噴水が光る
燕が截る

頭の上の青い海
ゆつたりとした白い波

おゝ鮮かなダイビング
あなたとわたしとまつしぐら

頭上の海へまつしぐら
眼くらめく一瞬よ

あなたとわたしは風に乗り
あなたとわたしは五月の風に乗り

# 一つの愛

ほんとうに　わかりあふ者だけが
ほんとうに　愛しあへるものなのか——

あなたの眼と　わたしの眼と
そこにあつたものが愛であることをわたしは知つてゐる

あなたの掌《て》にあつた　あたたかさ
あなたの頰にうけた　やわらかさ

さうしてたしかめようとした切なさも
それは　愛にとつてもはやなんだらう

なぜ　わたしは言はないのか
わたしの中に生れた愛を

あなたの前に
わたしをひらき

ほんたうに　わかりあつた者の
一つの愛を

# 愛

Ⅰ

ひとつの愛
光つてゐる
燃えてゐる
わたしに　その愛がある

Ⅱ

ひとつの愛
この真実なもの
この成長するもの

Ⅲ

ひとつの愛
つらかつた
くるしかつた
だが　うれしかつた
うれしかつた
踊り上つてうれしかつた

# 愛

わたしは
信じる
わたしの愛が
わたしの与へられた運命より強いと
それは
かなしみから
くるしみから
おびえから
絶望から
すべて身にあるものをひき裂かれ
怒りの焰に灼かれ
あつい涙の中から
再び生れ出たもの
今はくじけることのない
愛が
わたしにある

# 手を

ぼくの大好きな人
あなたは
ぼくのこの手を握る
病気でほつそりしたこの手を
ぼくの皮膚は冷たいのに
この手はあなたの手の中で燃えるやうだ
あなたの手にあるものはぼくの心臓かもしれぬ
あなたの握りしめた指は力ある響きにふるへる
ぼくの血管に溢れるもののそれは高鳴りだ
それは社会への怒りと
あなたをとほして人間への愛とで
ふくれ上つてあなたの血管へ流れこもうとしてゐる
火だ
全てのものの母だ
二人の心はこの灼熱した火の中に赤く融けて
黒く光る鋼鉄となつて一つのものに誕生するであらう
ぼくたちに新しく生れ出るもの
ぼくたちは何度それをその火中に投げ入れねばならぬのか
生きてゐるかぎり！
ぼくたちはこの鋼鉄の心を砥がねばならぬ
鋭く光る刃に砥ぎ上げねばならぬ
あらゆる非人間的なものをぶち切るために
ぼくの愛する人
あなたはあなたの顔を上げてぼくの眼を見つめる
脅えと恐れと悲しみをあなたの眼からふり落すために
誰ひとりこの握りしめた手を引離すことの出来ぬのを
あなたはもはや感じてゐる
ぼくの愛する人
あなたは
誇らしくあなたの胸をまつすぐに張る
すでにぼくの腕が茨のようにとげ立つて来たのを
あなたはすつかり知つてゐる
あなたは平気で血まみれになつて
ぼくのこの茨の手をしつかりと握りしめる

# 哀唱

昭和27（＊は昭和43年修正分）

## 年暮るる夜＊

綿うすき布団に
真白き敷布置き
青き枕にも
糊こわき布かけ
枕辺に
賢しらの書物《ふみ》なども積み
あかり消して
寒く縮みし身をば
ひとり床に伸ばしぬ

まことに　われはひとり
ひとりして何を呟かむ

若きよりかかる生活《たつき》繰り返しおれど
何ごとも思いわずらいしことのなきを
あわれ　人恋せしより
かなしき胸のうめきせきあえず

布団の襟など噛みしめる夜をもちたるか
ひとり寝《ぬ》るは　なんという寂しきものぞ

われは眼《まなこ》見ひらきて
年暮るる日の夜を眺めいたる
わが窗《まど》はただ黒うして
ものの濡るるようなる気配
涙たるるここちにて
われはひたすらに眺めいたる

# 哀唱＊

○

ここは渥美半島
太平洋が波もなく寄せてくる
あなたの住むのは
日本海の寂しい町
太平洋の浜辺をゆけば
下駄の下で小石が泣く
私は屈んで小石をとつて
太平洋に投げつける
海は音もなく寄せてくる
太平洋と日本海と同じ海だが……
おお　太平洋は日本海でない

○

夜になると
わたしはわたしの腕に爪をたてる
ほつそりした
滑かな　あなたの腕に
するように
わたしは
あつくなつた口で
わたしの腕を噛んでやる

○

今夜は　いやに月が明るくて
寝床の敷布の白さが目に沁みる
あなたがそこにいない
この白い寂しさにつつまれて
わたしはわたしの口にまで毛布を上げる

○

こんなに遠くにいると
あなたの声が聞かれない
電話をかけて
木の芽のように
やわらかに光る
あなたの声が聞かれない

○

わたしは時々
あなたが私より子どもみたいな気持になる
眼をまんまるくして
膝を抱くようにして
あなたが私を見守ると
私はあなたがたまらなくいとしい
そのくせ　わたしは
あなたに抱かれて　いつも眠つている

# ロマネスク

昭和27.8-27.11

## ロマネスク

心がかなしくなつたなら
旅に出掛けてゆくんです
考へ込んだり迷つたり
しないで出掛けてゆくんです

見知らぬ村ですばらしい
少女に会ふやらわかりません

僕と少女は森へ行き
僕は黙つて本を読む
少女は黙つて花を摘む

しづかにしづかに日がこぼれ
しづかにしづかに風がふき
そのうちとつぷり日が暮れる
僕はすつくり立ち上る

少女はおづおづ近寄つて
白い花環を差しのべる

僕は少女をじつと見る
少女は僕をじつと見る
涙が瞳に浮ぶとき
僕は涙に口づける

いつの間にやら月が出て
いつの間にやら露がふり……

かういふ具合にならぬとは
神さまだつてわからない
神さまだつてわからない

かういふことから倖せが
こつそり忍んでくる慣ひ

心がさびしくなつたなら
旅に出掛けてゆくんです
考へ込んだり迷つたり

しないで出掛けてゆくんです

## 野辺にて

野のなかの花ばなをおまへは一心に摘んでゐる
おまへの白い指にそれは光る石のようだ

わたしはびろうどの草深く
いつか本を顔の上にして眠つた

おまへはどうやら白い蝶になつて
花ばなの中にすつぽりと消えてしまつた

いつとき　わたしの胸に舞つて来てひつそりやすむ
おまへの翅はまつ白な花粉に濡れて重いのだ

わたしは花の香りに蒸せて眼をひらくと　花ばなに顔を埋め
おまへはふるへる翅のやうな胸をわたしの上にもたせて来た

## 海辺にて

朝の海で
わたしはおまへを見た
おまへをわたしの腕にとらへようとしたが
おまへは光る鳥のやうに羽ばたきをやめない
汀を駆けるおまへの後ろに飛沫が明るい虹をつくる
あゝ　すでに金色の静かな海がすつかりわたしの眼を眩《く》ら
ましてしまつた
今ほんのりと紅らんできたなだらかな砂丘のやうに
おまへはわたしの腕の中に重く横たわつて
そつと眼をとじながら小さく唇をふるはせてゐる

夕暮
わたしはおまへと海辺の林を歩いた
わたしの歩みは砂に重く疲れたが
おまへの足は散りしいた落葉をかろやかに鳴らしてゐる
いつまでも小鳥の呟きがわたしの上に降つてくる
不意におまへの腕がわたしの頸にまわると
はげしい口づけをわたしの上に浴びせた
その時わたしの耳にした海鳴りの音が
わたしの昂ぶつた生命の叫びのやうに胸に響いた
梢のあはひから燈台の灯りが見え出したのに
おまへはやすみなく恋の囀りをころがしてゐる
だが　わたしはひとりとほい海鳴りに聞き入つてゐた

月夜の
砂丘の上におまへを抱いて横になつた
おまへの白い肌は永遠のあたたかさでわたしをやさしくして
くれるが
わたしの胸に次第に冷えてゆく夜の砂のやうなかなしさがある
おまへはそれを知らぬがいい
おまへの眼は星のきらめきに濡れてゐる
この情熱に狂ふ一ときもわたしの中に月あかりのように死の
翳がしのびこむ
眼を上げれば夜の海に波が白々と
音もなくわたしの心に雪崩れこんで来るのだ

## 雨

雨はなんやらさみしい音をたててゐた
霧のやうに　ふかぶかと
黄昏の街を包んだ
私は黙つてさしかけるあなたの洋傘《かさ》に
身をまかせると　しづかに燃えて
あなたのしなやかな手をとつて歩いた
ほのぐらい露路の溝に
湯屋の下げ湯が白くけむつて
どこからかひとの笑ひ声が聞えた
古い木橋の上で足をとめると
ほそい流れに映る　ともしい火影を
あなたは少し首をかしげて見つめながら
なんやらひとの呟きに似た
雨の音にじつと聴き入つてゐた……

ふと　わけもない　さびしさに気付いたやうに
小さく身ぶるひすると　あなたは
その肩をわたしの肩に深く合はせて来た

# 林

どこかで、あなたを呼ぶ声がした……。
徑に立つて、とほく見た。
だが、どうやら、私の胸の木魂だつたらしい。
朝陽に、落葉が光つた。

# 三つのソナタ

昭和24.11.11（＊は昭和43年修正分）

# 五月の抒情

青い風がわたる
金いろに梢が顫へる
青い風が顫へて
池の上を滑つてゆく
靜かな真晝のひととき

ルノワールの裸女がひとり
苔を踏んで
白い甕に
水を汲まうとする……

廃園の眩しい幻影よ
噴上げの虹の向ふに
白鳥が輝きながら
浮び上る

水に戯れる
光に囁き
むなしく輪を重ねる
愛の輪舞《ロンド》

ゆるやかな
虚無の波紋よ

# 沈黙

Ⅰ

秋という季節は
それは
あまりに澄んだ
青さのせゐなのだらう
わたしたちの前は
透明な世界だけとなり
どこかにかなしい響きがある
この美しい季節の中で
静かにわたしたちは
自分の血の流れだけに耳を澄まさう

Ⅱ

動かないで！　ああ
今
あなたの眼には天心がある

Ⅲ

沈黙は　実に
なんといふ深い厚みを持つてゐるのだらう

## むうんらいと　そなた＊

I

だあれもいない
さきゅうのなかで
あおむけにねころんで
わたしとあなたは
つきのでるのをまつている
しろいなみがしらが
ゆうやみのなかにみえるが
わたしもあなたも
じいつとだまつたままでいて
ふしぎにおとがきこえない
もうじき
つきがのぼるだろう

II

すつかり
いろというものがなくなつて
もののかたちさえくずれてしまつて
いちめんの
あわいひかりとかげだけのせかいである
わたしとあなたは
どこからともなくきこえる
おんがくのねをたよりに
ぎんいろのひかりにぬれた
さみしいみちを
どこまでもあるいている

III

おそろしく
ほえ
たけ
くるう
あらしのよるだが
わたしとあなたの
うえだけは
れいろうとした
つきよである

# 寂寥の歌

昭和27.6–27.12.31（＊は昭和43年修正分）

## 寂寥の歌＊

見てごらん
わたしの窗《まど》を
あの青い山
白い壁の家
道を行く人
野を焼く火
雲のある空
見ているわたし
わたしのこころを

## 白い石

白い石を手にとつてごらん
ああ　夏のぬくもりがする
そおつと耳にあててごらん
ああ　秋のあしおとがする

## さみしい風景*

あなたの瞳に
ある
糸のような
三日月

## 寂しい夜*

わたしの
窓の硝子に
あなたの
指のあとの見える
ような夜の
月

## さびしい心＊

あなたの
耳たぶに
わたしの
こころが
透きとおつて
いる

## 寂しい声＊

虫たちが
呼んでいる
寂しい愛を
おのれの
命をも知らず

## 寂しい音

かすかな跫おとで
時雨がやつて来た
わたしの心に
ひつそりと吐息をついて
いつの間に
去つてしまつたのだらう

## 秋の蟬

ぽつんと
一つだけの秋の蟬よ
夕日の中を
ひつそりと人が遠ざかつた
いつまでも鳴いてゐておくれ
一つだけの秋の蟬よ

## 寂しき日*

寂しければ
頰に白き石をあて

心溢れたれば
眼に光る涙たれ

花ばなあれば
心につつましき花をおき

やがて——

日のやわらかにささば
あたたかきものの胸にかえらむ

## 淋しけれど

淋しけれど
息づかず
哀しけれど
涙たれず
苦しけれど
去らず
恋しけれど
言はず

われは
なにをせんとするらん

## 寂しからず

寂しからず
悲しからず

冬来たりて
山に雪降り
心に白きもの降り

されど
身に近く
あたたかき人のゐませば

寂しからず
悲しからず

## こほろぎ

こほろぎよ

おはなしおし
わたしに
わかれてきた
あのひとを
わかれの
つらさを
かなしさを
わたしに
うたつておくれ

## つくつくし

つくつくし
ほんに
そなたはなげきぶし
つくつくほうし　つくつくし
夕日は赤し
身はかなし

## 鉦叩き

道しるべ
西日
海鳴り
へんろう宿
……………………
鉦叩きが
いつまでも鈴をふつてゆく

# 矢車のはな*

この日
矢車のはな　活けてもらいぬ
矢車のはな　淋しければ
白き花も　そえつ

そのひとの　心うれしく
ひと夜　はなやぎて寝ねぬ

○

矢車のはなは青くして
きみが乙女のころの瞳のごとく
くび　すこし俯垂れて
きみはなにをふくみ笑いするならむ
矢車のはなは　ただ青くして

ひと日眺めおれば　おのれの心さぶしぐ

## 薔薇

ほのかなる薔薇の翳りを
君見ずや

うつせみの日々の歩みの
おとしゆく愁ひのしづく

日に透ける薔薇の翳りを
君知るや

## 雛菊草＊

窓辺の鉢に花ひとつ
ひなぎく草のさびしけれ

白き手にそえし
汝が顔もまた寂《さぶ》し

森閑として日は暮るる
ひょろんと立てる花ひとつ

# むらさきぐさ*

きみがおゆびのかたちして
むらさきぐさはひにひかる
きみがおゆびのつとのびて
むらさきつゆにぬれにけり
きみがおゆびのしろければ
むらさきぐさはおもはゆき

## 百合のはな＊

その一

君のたまいし百合のはな
蕾かたくとじいて
赤きかめにいれて
ひとり
われひとりたのしぶ

その二

君が小さきこぶしのごとく
百合のはなのふくらみは見ゆ

その三

あかるき瞼のかげに
瞳ほそくひらかれ
きょうの朝
百合のはな　ほそくひらく

その四

君がとざせるこころはも
音してひらく日のありや

# 少女唱

昭和24.10–27.6
「新しい君たちの家が出来た」昭和31.5
（＊は昭和43年修正分）

## 少女唱　1＊

お母さんが亡くなつて
あたしは病気
月夜は
いつも
裏の山で
木の実が落ちる
あたしはぼんやり
聞いている
お母さんが亡くなつて

## 少女唱　2＊

亡くなつたお母さんの
エプロンをして
お皿を洗つていたら
お父さんがうしろにいて
不意にあたしの肩をつかんだ
濡れたお皿が
灯りに光つて
きらきらして
あたしはなんだか
お父さんの顔が見れなかつた

# 少女唱　3＊

弟と喧嘩して
弟より先に
あたしが泣いた

お母さんが死ぬ時
あたしが約束したのに
あたしはやつぱり
お母さんにはなれない

# 少女に

重く押しつぶされさうな生活にくさくさして
いつも出掛けた桜並木の散歩道で
私はよく学校帰りの少女たちに出会つた
お下げした黒髪を木洩日に赫かせ
薔薇色の頬を快活な言葉の礫でふくらませながら
澄んだ笑ひ声を匂ひのやうに残して彼女等は
通り過ぎたものだ
するとどんなに淋しく憂鬱だつた私の心も
まるで嘘のようにからりとして
虹を仰いだ時の爽かさがかへるのだつた
病牀にあつてよくそのことを思ひ出す
そして同じ病牀の少女たちのところへ遊びにゆく
病室には潔らかな明るさがただよつて
肉体の病菌も彼女等の美しさを蝕むことが出来ない
靜かな寝顔にも
とんでもない笑ひ声にも
小さなちょつとしたふざけ合ひにも
何かがそこに躍動する
少女たちの生命は実に不思議な力をうけてゐるらしい
目の覚めるやうにそれが私の心を搖すぶつて来る
今日もいろいろな色彩の小切れを持ち出して
ひとりの少女は縫ひ物をするのに余念がない
こまかく動く彼女の繊い指先には
新鮮な果物を見るやうな水々しさが光つてゐる
私はなにか二言三言言葉を交はして
ゆつくり部屋を行つたり来たりしてから
靜かに病室を出て帰つてゆく
生きがたいこの人生にひそかな歡びと慰めを覚えながら

見事に咲きひらいて
今日も髙雅な香りをはなつてゐる

# 白い薔薇

少女は
病牀の私に
白い薔薇を持つて来た

その少女も病んで
風のやうに
死んでいつた

白い薔薇は
慓へながら朝露にぬれ
陽に光つた

少女はもうゐない……
けれども
少女の呉れた白い薔薇は
病牀の私の胸に

## 車中で

汽車の腰掛けに坐つて
直ぐ本を読み出した少女を見て
私は思はず頬笑んでしまつた
かるく結んだ唇
小さくハの字に寄せた眉
それは小さな真劍だ
窓から運ばれる夕映えの光が
睫毛の長い瞼を翳らせながら
代赭色の少女の頬を金色に染める
外は一面の稔りの重い麦の波
少女の前に坐つてじつとゐる
かろやかな私の身体
まるで終点のない線路《レール》を滑つてゆく汽車のやうに
私の心はものうく無限へ走つてゐる

## 青葉*

少女が走る
笑くぼ　走る
青葉が光る
笑くぼ　光る

# 新しい君たちの家が出来た＊

新しい君たちの家が出来た
君たちの部屋が出来た
部屋には新しい小机が一つづつ
隅には白いカーテンをして
君たちの仕事着や洋服が下つている
壁には押ピンでとめた幾枚かの写真と絵と
それらがなにかなじめないみたいな顔で
部屋はまだ　がらんとしている
新しい畳の匂いと木の匂い
壁の匂いとペンキの匂いと
君たちのいつもあとに残してゆく乙女の匂いとが
そこらに一ぱいだ
これが君たちの部屋だ
夜に仕事がおわつたら
君たちはまつすぐ布団にころがるだろう
時々鹿のような肢体《からだ》をぶつかり合せるだろう
そして光つた波のように笑うのだろう

ある時は固く身を縮めてこつそり泣いたりするだろう
小机の上でそのよろこびやかなしさが書かれてゆくだろう
こうして毎日の力一ぱいの仕事から
君たちはなにかをこの新しい君たちの部屋に持ち帰り
それを青春の新鮮な夢に彩りながら
ぐつすりした眠りの中で
その胎内深く宿して
いつまでも眠りたらぬ目覚めとともに君たちは成長してゆく
さあ　新しいこの君たちの部屋を
明日からどんなふうに君たちは美しくしてゆくかな
そこに本箱が据えられ
一ぱいに本が並べられ
そこに眼の大きな人形が置かれ
美しい言葉が貼られ
君たちの部屋は君たち自身のものであふれてゆくだろう
今日は五月一日
労働者の祭典　メーデーの日だ
ここ渥美半島の海辺の部落の診療所に
水色にペンキを塗つた
従業員君たちの新しい家が出来た
君たちの部屋ではこれから

そのお祝いの御馳走が出て来るのだ
それでお腹一ぱいになつたら
二階に上つて窓をあけよう
君たちの腰ほどに伸びた青い麦の上の
静かなゆつたりした海を見下しながら
その海一ぱいの声で
みんなですばらしい歌をうたおう

# 手帖から

昭和27.11（＊は昭和43年修正分）

## ある日＊

あなたを見つめていれば
わたしの心の動きがわかる。
あなたの前で悧巧にはなれぬ
どんな鏡も　あなたには及ばない

## ある日＊

嫉妬を感じた時
これは　愛の心だと思えば
力一ぱい思えば
嫉妬は消えている

## 日々*

白い皿
エプロンのあなた

くりかえし
くりかえし
新しい日々

## 寂しい日

苦しい時は
手と手と握り合はう

寂しい日は
目と目と見つめ合はう

## 醜さ＊

おのれの醜さを
僞るのは愚かだ
醜いものは
醜いのだ

恥しくても
見つめよう

真実を知ることが
力になる

そして　愛が
醜さを救つてくれる

## 疑惑

坐り直さう
腹に力を入れよう
眼を見ひらかう
じつと見つめるのだ

それから
深く眠るのだ

朝になれば
もう　いい

## 愛＊

どのような思想も
愛と行動の結実でないものはない
わたしのどの言葉も
あなたへの愛が紡ぐ

## 美しさ＊

どんな心も
生涯　澄んでいるものではない
自分の醜さに気づく時に
心は澄もうとしているのだ

## 美＊

純白に見える石も
手にとれば
いろいろなものが結合している
純粋な結晶だけが
美しく見えるとはかぎらぬ

## 純粋＊

少年の目は
大人の手にある汚れを許さぬ
大人の手は
少年の純粋を守るために汚されていても
少年の目は
それを知らぬ
いかに傲慢な咎を向けようと
少年の純粋は美しい

## 傲慢＊

少年の傲慢をなじつてはいけない
寧ろそれは愛くるしいものだ
稚い心のいじけた傷しさを思うがいい
花ばなは誇らかに咲くのを見よう
どんな花もいつかは散つてしまう

## 感傷＊

感傷は少年のものだ
少年の心に光る
感傷を笑つてはいけない
感傷の多くが醜いのは
意識して溺れ娯しむ
大人の狡智の汚れからだ

## 芽生え＊

人を見ていた眼が
おのれに向けられた時に
少年の傲慢は
崩れおちる
その時の傷しさが
どれほど悲痛であろうと
その苦しみから
愛と理解が芽生える

## 巡礼＊

死を感ずる時になつて
人は　はじめて
おのれの昔に巡礼の鈴をふる
青々した果樹の稔りが
おのれの忙いだ曽ての道のほとりに
忘れたままなのを知る
手をのばしても届かぬ
すべてが遅いのだ
夕陽の中を歩む巡礼の鈴はかなしい

## 旅人

旅人は何を忙ぐのか

彼の眼は山を見ず
海の輝きを見ない
花の笑まひに足をとめず
人の語らひに耳をかさぬ

旅人はひたすらに忙ぐが
彼の忙いで辿りつくものが
死であることを
旅人は知らぬ

## 忍従＊

善と悪とは

一つのものの
表裏であることも多い

忍耐は徳であつた
それは今も昔に変らぬ

だが　出口のない
自己喪失の忍従は
明かに　悪だ

## 寂しさ＊

人の心に寂しさがないと
涸れた河を見るように醜い
だが　寂しさに身を溺らせるのは
なお一そうに醜いことだ
玉と玉とふれ合うときに
光るものがあるように
人の心に寂しさがあるのは
うつくしい

## 寂しい人間＊

私は
寂しい人間が好きだ
寂しさのあまり
人を殺した人間もいる
そういう者であろうと
私は寂しい人間が好きだ

## 怒り

人を憎んではならぬ
べとべとした感情をもつまい
だが
人間の怒りは正しい
怒りは
殆んどが　愛の噴火だ

## 貧乏

貧乏で死ぬのは
恥しいことではない
貧乏で死なねばならぬ社会に
生きて来たことが恥しいのだ

## 思慮＊

思慮分別は
愛を超えるものではない
だが　それは
往々　愛を殺す

## 同情＊

愛は施しではない
同情から
愛が生れるのは
稀だ

## 自尊心＊

自尊心は
愛を浄める

だが　それは
それ以上のものではない

## 虫けら＊

虫けらが鳴いている
一夜休むことを知らない
幾夜かの命であることを知らない
鳴くことが虫けらの命なのだ
鳴くことが愛のしるしだ
虫けらが鳴いている

この日
世界は集中する
あなたの中に

# オバヽニ

死ンダ　オバヽ
ホントニ　オバヽハ俺ヲ可愛ガツタナ
オバヽガアンマリ俺タチヲ甘ヤカシタノデ
俺モ兄貴モエラク一人立チニ苦労シタモノダ
アル日下宿屋ノ夕飯ニ
ショツパイ蓮根ヲ喰ウテヰタラ
急ニオバヽガ眼ニウカビ
何ダカタマラナクナツテ
飯モ食ワント街ヘ出タ
帰ツテヒトリ床ノ中デ
俺ハ意久地ナク少シ泣イタガ
泣キタイ時ニ泣カナカツタコトガ
俺ニドレダケアツタラウ
オバヽガ百マデ生キテイタラ
コンナ歎キハシナンダラウニ
イクラ俺ガ偉サウニ威張ツテモ
ドウヤラヤツパリ気ガ弱
俺ニサツパリ似ツカンノハ
コレハオバヽノセイラシイ
死ンダオバヽ
ダガ俺ハオバヽヲウラマナイ
却ツテ俺ハ㐂ンデヰル
俺ガ人ヲ愛セルノハ
ナントイハウガ　オバヽノオ蔭ダ
コノ頃俺ノ心ノ中ニ
ドツシリ愛ガ住ムヤウニナツテカラ
ドウイフノダラウ
死ンダオバヽ
オバヽノシナビタ胸ノ乳ガ
俺ハヒドク恋シクテナラヌ

嬉しい時

こんなにも嬉しいのに
あなたを呼ばずにおれるか

はやく　おいで
はやく　おいで

# 橘進詩集発刊にあたって
# 「含羞のひと」

橘さんとわたしの夫吉朗とは、金沢第二中学校の同級生だった。いつもはにかんだような内気でもの静かな橘さんと吉朗は親友だった。橘さんは、金沢第四高等学校理科へ太平洋戦争最中の一九四四年に入学した。その年の内に、橘さんは突如高校を退学すると言い出した。徴兵猶予のある理科だったから、そこに入って徴兵をのがれ生き延びようとして若者や親たちも必死だった。

必死に引き止める吉朗に彼は言った。「許してくれ。僕は自分の希望でもない理科の安全地帯で生き延びることが苦痛なんだ」。そういう二人の友情と、真摯に生きることを選んだ橘さんの青春を思い起こすたびに、七十余年後の今も、わたしは涙ぐんでしまう。

それから軍隊生活の悲惨を体験し、心身を痛めつけて復員した橘さんを待つ家族はすでにいなかった。さらに彼自身が肺結核に罹り、石川県の国立結核療養所で十年近い療養生活を送る。そして肺の手術によって普通の人の三分の一の機能となった肺を抱えて出所して、彼の新しい人生が再スタートした。

わたしたち夫婦は金沢から愛知県田原市渥美町に移り小さな診療所を開き夫は内科医として、わたしは産婦人科医として働いていた。その診療所の衛生検査技師として彼を迎えることになった。彼はいつも貧しく懸命に生きている人々に逢いに行った。十一月の末のその日も豊橋まで出かけ遅くバスで帰った。彼が五十八歳で突然の死を遂げたのは一九八三年十二月五日。

短いが幸せな年月だった。

彼の一つの顔は、当時の大きな公害問題でありながら声をあげにくかった火力公害反対の全国的な結集を行い、反火力全国連絡会の事務局長として東奔西走の日々だったことで、もう一つの顔は、彼の死後発見された自筆の詩集に見る抒情詩人としての顔だった。そして今回、わたしの橘さんへの友情の花束として彼の詩集を発行させていただいた。詩人としての彼の背景にあるのは、「お母さん」に代表される亡き母と少女にたいする憧憬と賛歌ということであり、そしてもう一つは、悲惨な結核療養所のなかでもなおかつ希望の火を燃やし続けた「白い壁」などの絶望と希望の交錯する日々の体験である。

わたしは彼の死後、遺された仕事を完成させるために奮闘した。その一つが、彼が発案し継続中だった私の父矢後嘉蔵の伝記である。戦前富山農民運動の創生期から戦後に至る軌跡を追って、生前父嘉蔵の話をテープ録音したものを中心に『不敗の農民運動家矢後嘉蔵』を二〇〇八年に完成させた（刀水書房）。昨二〇一七年に、橘さんが精魂をこめた『火力発電と渥美の住民　渥美の公害勉強会橘進編』を世に送った。

夫吉朗は二〇〇七年八十一歳の天寿を全うした。この橘進詩集が吉朗と橘進に贈るわたしの最後のプレゼントとなろう。

二〇一八年八月

遺わされこの世に在りしを気付かざりき気付きしはすでに夕焼ののち

北山郁子（九十三歳）

《著者紹介》

橘　進（たちばな　すすむ）

1926年1月2日石川県に生まれる
1943年3月石川県立金沢第二中学校卒業
1944年4月金沢第四高等学校理科入学，同年中退・徴用・召集
1945年復員，49年国立結核療養所入院
1955年北山医院へ転院，59年北山医院に就職
1983年12月5日亡くなる

愛の詩集

2018年9月28日　初版1刷印刷
2018年10月7日　初版1刷発行

著者　橘　進
編者　北山郁子
ゾーオン社発行

刀水書房発売
〒101-0065　東京都千代田区西神田2-4-1 東方学会本館
TEL 03-3261-6190　FAX 03-3261-2234
組版　MATOI DESIGN
印刷 亜細亜印刷・製本 ブロケード
／ ISBN 978-4-88708-935-8 C0092